Rob Scotton

El gato Splat

SCHOLASTIC INC.
New York Toronto London Auckland
Sydney Mexico City New Delhi Hong Kong

Un agradecimiento especial a Maria.

Originally published in English as *Splat the Cat*

Translated by Karina Geada

ISBN 978-0-545-27358-9

12 11 10 9 8 7   13 14 15 16/0

Printed in the U.S.A.   40

First Scholastic Spanish printing, January 2011

Typography by Neil Swaab

A Maggie y sus dos gatos Splat, Spatz y Strawberry.

—R.S.

No había amanecido,
pero Splat ya estaba despierto.
Era el primer día de clases en la
Escuela de Gatos, y estaba tan
preocupado que su cola no dejaba
de moverse.

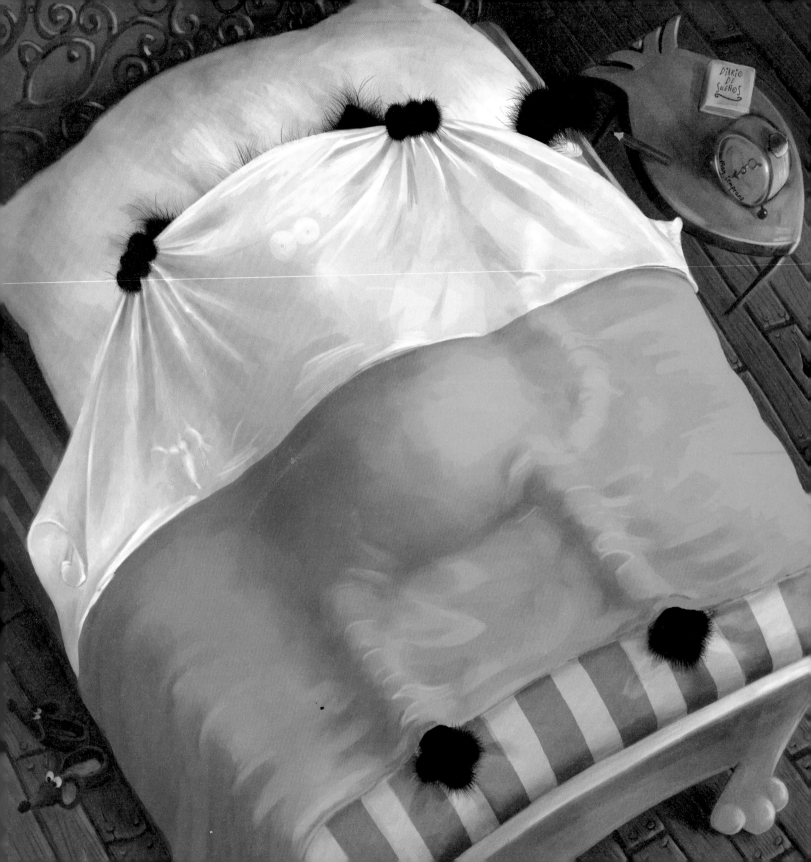

"Si me escondo —pensó—,
a lo mejor el día viene y se va".

Pero el día no se fue.

—Hora de levantarse —dijo su mamá.

—Es hora de vestirse —dijo su mamá.

—No tengo medias limpias, mamá —dijo Splat—.
¡Mejor voy a la escuela mañana, no hoy!

—Tú no usas medias —dijo su mamá.

—Mira cómo tengo el pelo, mamá
—dijo Splat—. ¡Mejor voy a la
escuela mañana, no hoy!

Su mamá lo peinó.
—¡Perfecto! —dijo.

—No olvides tu merienda —dijo su mamá.

"Hoy necesito un amigo",
pensó Splat.

Y metió a Simón, su pequeño ratoncito, en la lonchera.

—Es hora de irnos —dijo
su mamá.

—La puerta no me deja salir,
mamá.

—La cerca no me suelta
los dedos, mamá.

—El poste de la luz no se quita
de mi camino, mamá.

—¡MAMÁ!

—Si quieres, puedes ir en tu bicicleta, Splat —dijo su mamá.

Y así lo hizo. Pero no dijo ni media palabra.

—Bienvenido a la Escuela de Gatos —dijo una gata grande y gorda—. Yo soy la Sra. Wanda, tu maestra.

La mamá de Splat le dio un abrazo.
—Regresaré pronto —dijo—.
Todo saldrá bien.

—Presten atención,
este es Splat —dijo la
Sra. Wanda—. Démosle la
bienvenida a nuestra clase.

¡Hola,

Splat!

—Los gatos son extraordinarios —dijo la Sra. Wanda.

—Somos listos, astutos y veloces.

—¿Yo también soy extraordinario? —preguntó Splat.

—Sí, tú también —dijo la Sra. Wanda.

—Los gatos trepan árboles, toman leche y cazan ratones —continuó.

—¿Por qué cazamos ratones? —preguntó Splat.
—Es lo que hacemos —respondió la Sra. Wanda.

—¿Por qué?
—preguntó Splat.
—Porque sí.

—¿Por qué?

—¿Por qué?

—¿Por qué?

—¿Por qué?

La Sra. Wanda suspiró.
—¡Es hora de almorzar! —dijo.

Splat abrió su lonchera.

¡Un ratón!

Los gatos hicieron lo que hacen los gatos.

Simón se escondió detrás de una botella.

Cuando los gatos lo vieron
a través del cristal,

gritaron y salieron corriendo.

Simón hizo lo que
todos los ratones
quisieran hacer.

—¡Alto! —dijo Splat.

¡SPLAT!

No pararon.

—¡Suficiente! —dijo la Sra. Wanda—. ¡Es hora de tomar la leche!

¡Hurra!

Pero la puerta del armario estaba trabada.
—Bueno, hoy no habrá leche —dijo la Sra. Wanda.

Ohhh...

Splat le susurró algo a Simón.
Simón asintió y...

Un minuto después,
la puerta del armario
se abrió.

¡Umm!

La Sra. Wanda volvió a escribir en la pizarra.

Los gatos ₙₒ cazan ratones.

¡Hurra!

Llegó la hora de volver a casa.

La mamá de Splat vino a recogerlo y le dio un abrazo.

—Tengo muchos amigos…

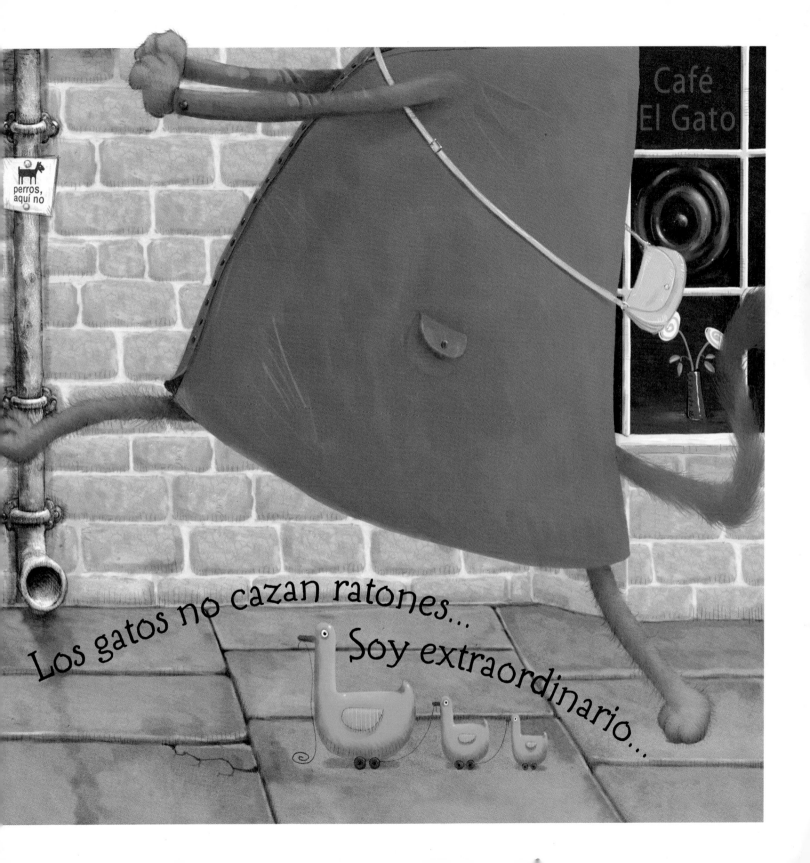

A la mañana siguiente, Splat se despertó antes de
que amaneciera. Era su segundo día en la Escuela
de Gatos, y su cola no dejaba de moverse...
de la emoción.